AF224083

LA FUSION

SALUT DE LA FRANCE

PAR

HENRI LEMOINE

> Non, je ne croirai jamais que j'écris sur le tombeau de la France, je ne puis me persuader qu'après le jour de la vengeance nous ne touchions au jour de la miséricorde. L'antique patrimoine des Rois très-chrétiens ne peut être divisé : il ne périra pas ce Royaume que Rome expirante enfanta au milieu de ses ruines, comme un dernier essai de sa grandeur.
>
> CHATEAUBRIAND.

PRIX : 25 Centimes

LORIENT

IMPRIMERIE CENTRALE EUG. GROUHEL, LIBRAIRE-ÉDITEUR
place Bisson, 4

1871

LA FUSION

SALUT DE LA FRANCE

PAR

HENRI LEMOINE

I.

> Je ne dis pas que tous les Républicains
> sont des voleurs ; mais tous les voleurs
> sont des Républicains.
>
> La Rochejaquelein.

Est-il besoin d'une longue dissertation pour démontrer que la République est impossible ? Il suffit de lire son histoire, d'examiner ce qu'elle a produit, pour se convaincre qu'elle sera ruine de la France si, pris d'un engouement déraisonné pour des théories malsaines qui ont cours depuis près de quatre-vingts ans chez nous, on veut, en dépit des fautes, des crimes et des malheurs qui en ont été le résultat, conserver la République.

Pourquoi la République est-elle impossible ?

Pour deux raisons : parce que la France n'en veut pas, ensuite parce que la République n'a jamais pu se séparer de la Révolution et qu'elle ne s'en séparera jamais.

1° La France ne veut pas la République.

Lorsqu'une nation qui avait eu pendant treize siècles la Monarchie a été bouleversée trois fois par la République ; lorsque cette République n'a pu être imposée que par la violence ou l'usurpation, qu'elle n'a eu pour résultat que la dictature césarienne ; quand d'autre part, en dépit de la tyrannie impériale et du désordre démagogique, la Nation, dans les moments de libre arbitre qu'on lui a laissés, ou qu'elle a pris avec raison, est revenue à son ancien symbole politique, vers la Monarchie héréditaire et d'une manière loyale, on doit forcément conclure que cette Nation repousse la République et veut la Monarchie.

En 1792, si la France avait voulu la République, il n'aurait pas fallu un 20 juin, un 10 août pour la fonder, non plus que le sang d'un Roi pour cimenter les pierres de son édifice. Un gouvernement qui s'installe dans un pays par le crime politique le plus abominable, la guerre civile, ne peut se prétendre l'expression des vœux de la majorité de s citoyens. Si alors la France entière a voulu la République, c'est elle qui doit endosser la responsabilité du 20 juin, du 10 août, du 21 janvier et de tous les attentats qui ont fondé la première République, et elle est trop noble pour les avoir voulus. Ce n'est pas la France qui a fait, qui a demandé la République de 92 ; elle l'a subie parce que les assassins et les bandits ont le triste privilége d'avoir souvent pour eux la force contre les honnêtes gens. Qui a fondé la République en 92 ? Des rhéteurs passionnés, avides de pouvoir, s'essayant à percer dans la Société en voulant la détruire parce qu'ils étaient trop pervertis pour songer à la sauver ; des avocats sans cause, des hommes de sang comme Marat, Danton, Robespierre, des infâmes comme Grégoire, des orateurs de ces Clubs d'où sortaient les doctrines les plus anti-sociales qui aient jamais épouvanté le monde ; enfin, pour aider tous ces misérables, la lie des faubourgs de Paris, armée de piques, de bâtons, criant *A la Lanterne*, chantant le *Ça ira*, et vociférant des cris de haine, proférant des menaces de mort contre le meilleur des Rois, contre Celui que l'Assemblée Nationale Constituante de 1789 avait appelé le *Restaurateur de la Liberté française*, contre Louis XVI représentant la Monarchie Légitime, acclamée par les Cahiers des Etats de 89, reconnue à la Fête de la Fédération en 90, et établie comme base de la Société française par la Constitution de 91. Ceux qui ont voulu la République en 92, qui l'ont établie, l'ont fait en violant les lois de l'Etat, en brisant le Trône, en déchirant la Constitution que la France s'était donnée, inspirée des sages réformes de 1789, en arrêtant le grand mouvement national de la fin du siècle dernier. Et c'est la France qui a voulu la République en 92 !

La République de 1848 a eu pour origine les banquets *réformistes*. Ce sont les républicains qui transformèrent en question gouvernementale la demande d'une simple réforme électorale, qui excitèrent les classes ouvrières, et changèrent le cri de : « Vive la Réforme ! » en celui de : « Vive la « République ! » Le Roi se résolut alors à changer de Ministère et Paris redevint tranquille. On ne songeait nullement à la République. C'est alors que les républicains profitèrent d'un incident pour recommencer l'émeute, que Louis-Philippe abdiqua ; et, si le comte de Paris ne fut pas proclamé roi, si la duchesse d'Orléans fut contrainte de se retirer du Palais-Bourbon, c'est parce que les républicains, aidés de l'émeute, firent envahir la Chambre, chassèrent les députés et installèrent un Gouvernement provisoire qui proclama la République. Tout le monde en fut étonné, et beaucoup de citoyens en rirent, parce que personne n'avait demandé la République, personne n'avait voulu renverser le Trône.

Encore une fois, est-ce la France qui a fait la République de 48 ? Qui l'a faite ? Des hommes, aidés des émeutiers, qui ont déchiré la Constitution de 1830, violé les lois de l'Etat, dispersé la Représentation nationale, absolument comme avait fait Bonaparte au 18 brumaire. Pas plus qu'en 92, la France n'a voulu en 48 la République ; elle l'a subie.

En 1870, la République s'est encore installée en renversant la Constitution de 1852, en dispersant la Représentation nationale. Il est clair qu'en renversant l'Empire, on se conformait aux vœux de la Nation ; mais on différait avec elle de sentiments en proclamant la République. Ne pouvait-on pas former un gouvernement provisoire sans affecter une forme particulière, la République. On sait que M. Thiers s'opposa au Coup d'Etat du 4 septembre. Si la République a été acceptée, c'est parce qu'elle n'était pas l'Empire, c'est parce que la France a toujours pensé que la confirmation de ce Gouvernement lui était réservée. Elle voulait la chute de l'Empire , elle ne demandait pas la République ; elle n'a pas fondé la République , parce qu'elle aurait pris un autre moyen que celui du 4 septembre qui a consisté à disperser la Représentation nationale.

Si la France avait voulu la République , elle n'aurait pas demandé à Bordeaux que la question fût réservée ; elle aurait immédiatement donné la solution. On objectera les élections républicaines du 2 juillet. Imaginez-vous que la France soit républicaine parce qu'elle a voté pour des hommes qui appuient la politique de M. Thiers , comme politique conservatrice surtout ? Les électeurs ont nommé des républicains , · parce qu'ils ont voulu voter dans le sens du gouvernement provisoirement établi et je ne pense pas qu'ils se soient liés · les mains pour ne pas déposer un bulletin en faveur d'un autre gouvernement que la République, le jour où République et Monarchie seront livrées à la lutte électorale. On ne peut penser qu'ils les aient envoyés à la Chambre pour faire un coup d'Etat. Un autre indice qui fait voir la faiblesse du crédit des républicains sur le moral de la France c'est qu'ils n'ont eu contre les Monarchistes qu'une arme à employer , la calomnie, en réveillant les idées de *féodalité* et *d'inquisition* et en captant les passions haineuses. Quand on est réduit à de si misérables expédients, on est bien près de périr.

En résumé, la France n'a jamais voulu la République. C'est en violant les droits de la Nation qu'on l'a proclamée trois fois ; si la France choisit le gouvernement de son inclination, ce ne sera pas la République. Pourquoi ? Voyons-le.

2° La France a toujours regardé la République comme synonyme de Révolution et elle a raison.

A ce mot République on vous répondra toujours en France par cet autre : Révolution. Pourquoi ? Parce que la République est née par la Révolution , a vécu par la Révolution , s'est servie toujours de la Révolution et n'a jamais voulu divorcer avec elle.

Jamais du mot de République, vous ne parviendrez à ôter de l'esprit public l'énumération suivante : *Attentat du 20 juin, Attentat du 10 août, Massacres de Septembre , Régicide, la Terreur , l'Échafaud, Tribunal révolutionnaire, Loi des Sus-*

pects, Assassinats de Paris, Fusillades de Lyon, Noyades de Nantes, Danton, Marat, tyrannie de Robespierre, soif sanguinaire des Carrier, des Lebon, des Couthon, martyre de la famille royale, de tous les honnêtes gens, Assassinats sans distinction d'âge ni de sexe, destruction des temples catholiques, infamies du Culte de la Raison, orgies révolutionnaires, etc.;

Assassinats de février 48, émeutes révolutionnaires, journées de Juin ;

Tyrannie des pachas démagogues Esquiros, Duportal et autres préfets à poigne de Gambetta, drapeau rouge de Lyon subi par Gambetta, atrocités du Comité de Salut public dans cette ville pendant la guerre ; enfin

Commune de Paris 1871, avec ses pétroleurs, son sang, le massacre des otages, l'incendie de nos monuments de Paris dont les ruines frappent de stupeur les étrangers qui les voient encore fumer.

Ce n'est pas que nous voulions évoquer le *spectre rouge.*

Honnêtes républicains, nous savons que vous désavouez ces atrocités, que la République doit être dégagée de la Révolution. Mais elle le sera jamais parce que ces deux mots sont liés fatalement par le pacte qu'ils ont signé sur l'échafaud du Roi-Martyr..

L'homme des campagnes, dira-t-on, le citoyen qui n'est pas instruit les confondra ; mais le citoyen éclairé saura faire la distinction. Quelle distinction ? Voyons rapidement.

Ou la République a tenu ses promesses, ou elle ne les a pas tenues ; dans le premier cas, on peut dire qu'elle sauvera la France, dans le second il faut la repousser.

Les promesses de la République sont l'application des principes de 89. Or, on sait comme elle les a violés à tous les temps : liberté du suffrage universel, liberté religieuse, liberté civile, et individuelle, on sait comme tout cela a été observé scrupuleusement en 93. On sait anssi comment M. Gambetta a respecté le suffrage universel, les conseils généraux au moment où il lui fallait rendre compte des finances; la liberté individuelle, le rédacteur de l'*Union de la Sarthe* pourait en dire quelque chose ; la liberté de la presse, les journaux saisis pourraient aussi parler à leur tour ; enfin, comment il a respecté le principe de l'autorité en se mettant en révolte ouverte contre le Gouvernement dont il n'était qu'un simple délégué.

On veut bien dire, avec raison, que la Terreur de 93,

les Journées de Juin de 48, Gambetta, la Commune de 71, ce n'est pas la République, surtout la République telle qu'on la désire. C'est vrai ; mais sérieusement, voilà un Gouvernement qui apparaît trois fois, se sert de l'usurpation pour se fonder, essaie de se consolider par la violation des libertés accordées en principe, et de la promesse d'éviter la tyrannie des gouvernements monarchiques dont il exagère encore les fautes, quand on le voit au dernier moment dire à la Nation : « Tu ne parleras pas, tu m'accepteras ; je suis ton salut unique, ton seul bien ; peu importe le suffrage. Je suis établi, je reste, je te défends de protester, si tu ne veux pas de moi, tu auras la guerre civile, » quand on le voit agir de la sorte et que ce Gouvernement s'appelle République, on est forcé de croire que la République est, malgré elle, attachée à la Révolution.

Chassant loin de nos yeux le *spectre rouge*, ne considérant, au point de vue politique, que les moyens inconstitutionnels dont la République s'est servie pour se fonder, s'établir et essayer de se consolider, il est difficile de croire celui qui vient dire : « La République a souvent violé ses lois, ses « principes ; mais à partir d'aujourd'hui, je vous affirme « qu'elle sera sage, modérée. Un changement subit s'est « opéré ; elle sera la protectrice de nos libertés publiques, « et pour inaugurer ce gouvernement modèle, nous allons la « proclamer définitivement ; après cela, je vous en réponds, « tout ira bien. »

Ah ! tout ira bien ! L'ange des ténèbres changé subitement, on ne sait par quelle vertu mystérieuse en ange de lumière ! Nous voudrions le croire ; d'abord, il ne faudrait pas entacher l'origine de ce Gouvernement modèle en voulant l'établir illégalement, de votre propre chef, sans demander à la France si elle en veut ou si elle n'en veut pas.

De plus, on ne peut pas croire à la sincérité d'une conversion si prompte et trop avantageuse pour la partie qui parle si on y ajoute foi. Faites des merveilles pour qu'on vous croie, mais ne demandez pas qu'on vous croie parce que vous dites que vous ferez des merveilles, quand vos antécédents ne font de vous que des criminels. Et d'abord, comme première preuve de votre sagesse, soumettez-vous à la France et réparez une de vos illégalités en faisant rayer de nos actes officiels le mot de « République » qui ne s'y trouve depuis le 4 septembre que par le fait d'une usurpation des droits de la France.

Ainsi donc, la France n'a jamais voulu la République, on la

lui a toujours imposée. La République a toujours été synonyme de Révolution ; elle a toujours été en opposition avec les instincts politiques de la Nation.

Sont-ce ces titres qui font croire que la République est possible en France ? Elle n'en a pas d'autres pourtant, à part la beauté de son idéal dans l'imagination de certaines âmes généreuses, beauté idéale dont nous avons montré les résultats pratiques.

Que faire alors ? Il n'y a pas beaucoup à chercher : revenir au gouvernement qui a formé la France, avec l'unité, la force, la puissance, l'ordre, lui a donné la liberté ; revenir franchement, sans détour, à la Monarchie. Quelle sera cette Monarchie ? Tel est justement le problème que cet opuscule a pour but de résoudre. Puisse la solution être bonne !

II.

> La Monarchie, en France, c'est la
> maison royale de France indis-
> solublement unie à la Nation.
>
> HENRI V.

Quand on parle de Monarchie en France, les esprits sont si divisés d'opinion, les sentiments politiques sont si disparates, que les Français l'entendent de trois façons opposées :

Il y a d'abord la monarchie légitime héréditaire qui a formé la France, fondé l'unité nationale, et dont le représentant est Mgr le comte de Chambord, ou *Henri V, roi de France et de Navarre.*

Il y a ensuite la monarchie de juillet, qu'on veut représenter comme le seul modèle des monarchies donnant les libertés constitutionnelles mises en pratiques et dont le représentant est le comte de Paris, petit-fils de Louis-Philippe Ier, *roi des Français.*

Il y a enfin la monarchie impériale, (si le Césarisme peut être appelé monarchie !) qui nous a donné trois invasions avec deux souverains, et dont le représentant est l'empereur Napoléon III ou son fils, Napoléon IV, *empereur des Français.*

Si la France confie le soin de ses destinées à la monarchie, il faut qu'à la division qui existe dans le camp républicain, elle oppose une union parfaite, que les trois partis monarchistes se réduisent à un seul parti, ou plutôt à un seul principe, gage de sécurité et de liberté pour la Nation.

Il faut qu'elle se souvienne de cette parole du Christ : « Tout
« royaume divisé contre lui-même périra. »

Les compétitions de prince à prince ont, en effet, depuis
1789, divisé le royaume de France. Quand Louis XVIII et
Charles X régnaient, le duc d'Orléans s'appuyait sur les
libéraux pour parvenir au trône ; il y est parvenu et a fondé
la dynastie de Bourbon-Orléans. Son règne n'a pas été à l'a-
bri de toute compétition ; le mouvement royaliste de 1832
en est la preuve la plus éclatante. Alors il y avait compétition de prince à prince.

Cette même année mourait à Schœnbrunn, le fils de Napoléon Ier, et le prince Louis-Napoléon venait sur la scène faire
les échauffourées de Strasbourg et de Boulogne, donnant
ainsi naissance à une nouvelle compétition. Il réussit en
noyant la République de 1848 dans son propre sang et pendant le règne de Napoléon III, une majorité engourdie ap-
plaudit le luxe et la débauche qu'elle appelait l'ordre et le
progrès, de sorte qu'on put croire la dynastie impériale à
jamais établie. Mais après Wissembourg et Reischoffen est
venu Sédan, et l'épée du dernier Bonaparte qui n'aurait dû
que *se briser* a été *rendue* à Guillaume de Prusse. Qu'on
était loin de Pavie et de la lettre de François Ier à sa mère :
« Tout est perdu, fors l'honneur ? » Il est vrai qu'à Pavie,
le roi de France avait sauvé l'honneur de la Nation ; à
Sédan, Bonaparte ne put qu'avilir le sien, s'il pourrait l'avilir encore après le 2 décembre 1851.

A sa chute, après la guerre de Prusse, la France a demandé à vivre selon ses goûts ; elle en a le droit. Nous
avons dit ce qu'elle pense de la République. Il nous faut
la monarchie, mais sans divisions, sans compétitions ;
tous ces embarras cesseraient avec la monarchie nationale et
libérale. Il faut que tous se rangent autour de cette monarchie, il nous faut de l'Union. Alors le Royaume de France
ne périra pas, parce qu'il ne sera plus divisé contre lui-même.

Le moyen d'opérer cette union, c'est de remettre en sa
place et son rang la Maison Royale de France dont parlait
le duc d'Aumale dans sa lettre au Prince Napoléon en 1861,
alors que sa voix était étouffée en France, mais pouvait au
moins en Europe aller au cœur de tous les honnêtes gens.

La France, avec la Monarchie, veut l'ordre et la Liberté,
et l'Indépendance à l'extérieur. Pour savoir qui peut lui
rendre ces conditions d'existence essentiellement liées à elle,

il faut examiner quel est le principe de chacune des Monarchies qui occasionnent les compétitions de prince à prince.

Qu'est-ce que la Monarchie impériale et quel est son principe ?

Elle prend sa source dans la Révolution. C'est un attentat prétorien qui lui a donné le jour, c'est le 18 brumaire, c'est le sang, les cris des mourants sur le champ de batailles, la violation des droits de la patrie, le 2 décembre, la débauche ressuscitée et empirée de la Régence et du règne de Louis XV, c'est l'abaissement devant l'étranger, la honte de la patrie pour l'intérêt dynastique, qui sont à la fois son principe et sa raison d'être. Nous ne nous étendrons pas sur ce sujet, c'en est assez. La France sait à quoi s'en tenir, et quelque coupable qu'il soit, le monarque renversé a toujours droit au respect qu'inspire le malheur. Nous respecterons donc la famille Bonaparte, mais nous condamnerons son principe en tant que cause de la ruine et de la démoralisation de la France.

Et d'ailleurs, pour condamner à jamais l'Empire, nous reproduirons le passage suivant d'un honnête homme qui établit ainsi entre la dynastie impériale et la maison royale, la différence suivante :

« La Royauté n'est pas l'Empire : *Rex* vient de *regere*, *Imperator* de *imperare*. La royauté gouverne, l'empire commande ; la royauté exerce l'autorité ; l'empire, le pouvoir. La royauté est toute française, l'empire est romain, germanique, russe, tout, hormis français..... Le titre d'Empereur est lourd à porter : la France a pour habitude de se contenter d'un Roi, et n'en a pas moins fait son chemin dans le Monde. Que les souverains d'Autriche et de Russie qui tiennent sous leurs sceptre tant de peuples divers d'origine et de langage, se décernent le globe impérial, nous n'y voyons, quand à nous, ni à envier ni à reprendre, Mais la France est un royaume. Elle a depuis longtemps réalisé la plus vigoureuse unité nationale dont l'histoire fasse mention, et l'expression souveraine, comme la garantie souveraine de cette unité, c'est le Roi. »

Mais on nous dira : il y a deux maisons royales : la branche aînée dont le chef est Mgr le Comte de Chambord, la branche cadette dont le chef est Mgr le Comte de Paris. Quels sont leurs deux principes ?

La Maison Royale de France, la branche aînée de la famille de Bourbon, ayant pour Chef Henri V, a pour principe le droit Monarchique héréditaire.

Ecoutons Louis XVIII parler au Sénat en 1814 : « Si mon « droit au trône n'était pas tout entier dans cette loi fonda- « mentale de la monarchie, quel serait mon titre pour y « prétendre ? Que suis-je hors de ce droit ? Un vieillard in- « firme, un malheureux proscrit, réduit à mendier, loin de « sa patrie, un asile et du pain. Tel j'étais il y a encore « quelques jours ; mais ce vieillard, ce proscrit, c'était le « Roi de France. Ce seul titre a suffi pour que la Nation, « éclairée sur ses véritables intérêts, le rappelât au trône de « ses pères ; je reviens à sa voix ; mais je reviens Roi de « France. »

Le droit monarchique a-t-il changé avec Henri V ? Non, il a, au contraire, gagné, si l'on peut parler ainsi ; pour lui, ce droit n'est que l'accomplissement des grands devoirs du souverain envers le peuple. Quels sont ces devoirs ? Autorité et Liberté.

On sait comment il entend l'autorité ; nous apprenons, par son manifeste du 5 juillet, comment il entend la liberté et quelles garanties constitutionnelles il veut donner à la France :

« Dieu aidant, nous fonderons ensemble et quand vous le « voudrez, sur les larges assises de la décentralisation ad- « ministrative et des franchises locales, un gouvernement « conforme aux besoins réels du pays.

« Nous donnerons pour garantie à ces libertés publiques « auxquelles tout peuple chrétien a droit, le *suffrage uni-* « *versel* honnêtement pratiqué, et le concours des deux « Chambres, et nous reprendrons, en lui restituant son ca- « ractère véritable, le mouvement national de la fin du dix- « huitième siècle. »

Tel est le programme d'Henri V ; le pays sincèrement représenté, votant l'impôt et concourant à la confection des lois :

Les dépenses sérieusement contrôlées ;

La propriété, la liberté individuelle et religieuse inviolables et sacrées ;

L'administration communale et départementale sagement et progressivement décentralisée.

Il se peut qu'il y ait eu entre le gouvernement de Charles X et celui de Louis-Philippe I⁰ʳ, une grande différence. *Au point de vue libéral*, entre Henri V et le comte de Paris, il n'y en a pas. Le programme est le même ; la question secondaire du drapeau peut seule les séparer, nous l'examinerons tout à l'heure.

Il peut donc y avoir *Fusion* entre la maison d'Orléans et la maison aînée de Bourbon pour ne plus faire que la Maison Royale de France qui, indissolublement unie à la Nation, est la monarchie. En tous cas, contre le torrent révolutionnaire, les légitimistes et les orléanistes doivent s'unir pour ne faire qu'un seul homme.

Ces deux partis monarchiques qui forment, en somme, la majorité de la Nation, ne se diviseront pas. Comme preuve, nous allons donner l'exposé rapide de ce qu'on appelle la *Fusion*, de ce qui a causé tant d'émoi dans le monde politique et qui fait aujourd'hui frémir de contentement les républicains, heureux de la division, disent-ils, créée au milieu de leurs adversaires, par le récent manifeste de Mgr le Comte de Chambord.

III.

> Ce que je demande, vous le savez, c'est
> de travailler à la régénération du pays,
> c'est de donner l'essor à toutes ses
> aspirations légitimes ; c'est, *à la tête de*
> *toute la Maison de France,* de présider
> à ses destinées, en soumettant, avec
> confiance, les actes du Gouvernement au
> sérieux contrôle des représentants li-
> brement élus.
>
> HENRI V.

Quelles sont les causes qui pourraient empêcher la *Fusion,*
quelles différences, quelle nuances politiques pourraient séparer Henri V de la famille d'Orléans, représentée par le
Comte de Paris ?

Trois : Les antipathies de famille, les raisons constitutionnelles, le drapeau.

1° On sait le rôle que de tout temps les diverses maisons
d'Orléans ont joué dans l'histoire de France. Elles ont en gé-
néral été opposées à la branche régnante.

La Maison de Valois-Orléans a eu pour représentant prin-
cipal le duc d'Orléans, fils de Charles, petit-fils de Charles V.
Il disputa la régence à Anne de Beaujeu sous la minorité
de Charles VIII, marcha même contre les troupes du jeune
Roi et fut fait prisonnier par La Trémouille (1488) à la ba-
taille de Saint-Aubin-du-Cormier; Charles VIII lui rendit la
liberté et il sut réparer sa faute par une belle conduite jusqu'au jour où il monta sur le trône sous le nom de Louis XII.

Il commença son règne par ces belles paroles en réponse

aux craintes de La Trémouille : « Le Roi de France ne se « souvient pas des injures faites au duc d'Orléans ! » Il mérita d'être appelé le père du Peuple. Il nous semble assez clair que cette ancienne dissension entre la branche aînée et la branche cadette de Valois, ne put ébranler la Monarchie, et le patriotisme du duc d'Orléans suffit à faire disparaître toute trace de rivalité. Pourquoi le patriotisme des princes ne pourrait-il pas être le même aujourd'hui ?

Sans nous arrêter sur la première Maison de Bourbon-Orléans issue de Henri IV et qui s'est éteinte avec la trop célèbre Mademoiselle de Montpensier, nous parlerons seulement de la maison de Bourbon-Orléans, qui a pour chef Philippe I⁰ʳ, fils de Louis XIII, frère de Louis XIV, de celle qui subsiste aujourd'hui.

Philippe Iᵉʳ d'Orléans, frère de Louis XIV, était un prince d'un courage remarquable, qui fit avec gloire les campagnes des Pays-Bas (1667) et de Hollande (1672), battit même le prince d'Orange à Cassel en 1867. L'accentuation de la politique de la famille d'Orléans ne se fait remarquer qu'avec son fils.

Philippe II d'Orléans, ou le *Régent*. Quand il gouverna, pendant la minorité de Louis XV, il fit pressentir le rôle que jouerait contre la branche aînée son arrière-petit-fils,

Louis-Philippe II, dit *Égalité*. On connaît assez l'histoire de ce prince, pour qu'il soit inutile d'en parler longuement. Et d'ailleurs, le duc d'Aumale n'a-t-il pas désavoué la conduite de son aïeul quand il a dit généreusement en 1861, au prince Napoléon : « Mon grand-père au moins expia sa faute ; « il quitta le Palais-Royal pour monter sur l'échafaud, et « vous, vous n'êtes descendu des bancs de la Montagne « que pour entrer dans la somptueuse demeure où le duc « d'Orléans est né. »

Quant à ce qu'on appelle le *Malentendu de* 1830, peut-on croire qu'il existe encore aujourd'hui, en dépit de la nouvelle scission que les républicains prétendent faite dans le parti monarchique par le Manifeste du Comte de Chambord ? Le patriotisme des princes y a paré, et, malgré la question du drapeau, les antipathies de famille n'existent pas dans la Maison Royale de France.

Est-ce de la part du Comte de Chambord ? Eh ! quoi, lorsque Ferdinand d'Orléans a péri dans cette circonstance douloureuse que connaît la France , en 1842 , n'a-t-on pas célébré dans la chapelle seigneuriale de Frohsdorf, un service funèbre en mémoire du duc héritier présomptif de Louis-Philippe Ier? Quand la Révolution de 1848 a chassé de la terre de France ces princes qui avaient si vaillamment combattu sur la terre d'Afrique et y avaient acquis une gloire immortelle, ces princes aimés du peuple et de l'armée, n'est-il pas parti pour Claremont des paroles de consolation de Frohsdorf? Et c'est lorsque le Comte de Chambord, parlant du drapeau blanc, dit, dans ce Manifeste qu'on déclare séparer à tout jamais les partis monarchiques : « Il a vaincu la « barbarie sur cette terre d'Afrique, témoin des premiers « faits d'armes des princes de ma famille, » c'est alors , disons-nous , qu'on prétend qu'il existe entre Henri V et les Princes d'Orléans des antipathies de famille. Non, dans le cœur de ce Roi et de ce Père il n'y a que de l'affection pour sa famille dont l'Union assurera le bonheur de la France.

Il faut aussi le dire, à leur honneur, les Princes d'Orléans n'ont pas eu de fausse vanité. Si la visite tant projetée et dont on a fait grand bruit n'a pas eu lieu, c'est parce que le Comte de Chambord , dans un sentiment de la loyauté qui est une de ses plus belles qualités, à une époque où l'on est tant habitué à n'entendre que le mensonge, a prié le Comte de Paris, de l'ajourner. Avant qu'il eût pris sa *grave détermination*, il voulait se montrer à la Nation et aux Princes tel qu'il est , avec son principe, et son drapeau et ne pas sembler leur tendre un piége. Eh ! bien ce même Comte de Paris, ce prince honnête et généreux , voulait , en dépit des bruits et des rumeurs de ceux qui ne savent pas l'apprécier, rendre visite au chef de la Maison de Bourbon. C'est la droite qui a dégagé les princes d'Orléans de leur serment, tout en leur laissant la plus entière liberté d'agir au mieux des intérêts communs. Il est même certain que le Comte de Paris a déclaré à M. Thiers qu'il n'accepterait jamais la couronne du vivant du Comte de Chambord, dans le cas où elle lui serait offerte.

Encore une fois , ce ne sont pas les antipathies de famille qui peuvent empêcher la Fusion. Il n'y a que la malignité et l'opiniâtreté des adversaires des Princes qui la voient impossible. Que les partis monarchiques s'unissent, que la France le veuille et la Fusion est faite.   [Les Bou]rbons sont trop patriotes pour renier ce que fe[son]t la Natio[n]. Henri V n'a pas voulu détruire l'œuvre d[e] ses fidèles am[i]s, 'l a seulement voulu ne laisser entre lui [et] la France aucune a[r]rière-pensée.

2ᵉ La seconde cause qui pourrait, parait-il, séparer les deux branches de la Maison de Bourbon, est celle des libertés constitutionnelles.

Il est difficile de le croire après la déclaration si nette, si franche, si loyale du Comte de Chambord dans ce Manifeste où l'on n'a voulu considérer que la question de couleur du drapeau. La Charte de 1871 ou de 1872 pourrait aussi *être une vérité* avec Henri V.

Laissons, au reste, parler Charles Didier, un républicain convaincu, qui disait en 1849 du Comte de Chambord :

« Il eût fait, j'en suis convaincu, un excellent monarque constitutionnel. La nature de son esprit, son caractère même étaient appropriés à cette forme de gouvernement, et son éducation a été dirigée dans ce sens. L'esprit de parti le représente comme un absolutiste, et c'est comme tel qu'il apparait à la foule du fond de son exil ; la vérité est qu'il n'y a peut-être pas dans toute l'Europe un constitutionnel plus sincère que lui. Bien plus, sauf quelques idées modernes qui ont déteint sur lui dans ces derniers temps et qu'il travaillle à s'assimiler, c'est presque un libéral de la Restauration. Je me hâte d'ajouter que c'est un libéral religieux, sans pourtant que sa dévotion dégénère, comme on me l'avait dit, en bigotisme. Il n'est pas douteux que son aïeul Charles X et que Louis XVIII lui-même ne fussent énormément scandalisés de ses doctrines, et qu'il ne fût à leurs yeux un hérétique politique, un Lafayette royal. »

Singulier aveu d'un républicain d'établir entre Henri V et Charles X, même Louis XVIII, la même différence qu'entre les princes d'Orléans et ces mêmes Rois. Mais alors, de même que deux choses *également* différentes d'une troisième sont semblables entre elles, de même deux personnes, *également* différentes, et dans les mêmes conditions, d'une troisième, sont semblables. Quelle peut être la différence entre Henri V, qu'on appelle un Lafayette royal, et qui l'est devenu peut-être encore plus accentué ces temps derniers, et la politique de la dynastie d'Orléans dont le Chef fut présenté par Lafayette au peuple comme la meilleure des Républiques ? On dira que le roi Louis-Philippe se regardait comme élu par le peuple. Et Henri V ne tient-il pas ses droits de ses ancêtres élus par le peuple avec Eudes, comte de Paris, confirmés dans leurs dignités à chaque changement de branche dans les personnes de Philippe VI de Valois, Louis XII, François Iᵉʳ,

Henri IV , et ce droit , n'a-t-il pas dit qu'il le regarde comme
un devoir, n'a-t-il pas écrit dans son manifeste : « Je ne puis
oublier que le droit monarchique est *le patrimoine de la
Nation* » et dès lors, ne reconnait-il pas également la Souve-
raineté Nationale ? Mais il y a des rhéteurs qui jouent avec
les mots comme ils font des plaisanteries au sujet de nos plus
grands malheurs , comme ils rient sur les ruines de la Commune. De ceux-là il est permis de dire : « Ils ont des yeux et
» ne voient point, ils ont des oreilles et n'entendent point. »
Mais la France voit et entend ; elle sait que les libertés constitutionnelles n'empêchent pas plus que les antipathies de
famille la Fusion entre les deux branches des Bourbons de
France.

Qui donc alors l'empêchera ? Une question de forme, une
question de drapeau. Cette considération est si légère qu'il n'y
aurait même pas lieu de s'y arrêter ; mais les adversaires de
la monarchie, qui se cramponnent à ces misérables détails,
comme le naufragé à un brin d'herbe, forcent de parler. On
parlera donc de cette *importante* question du drapeau.

3°. La dynastie de Bourbon-Orléans a le drapeau tricolore
qui est maintenant celui de la France ;

Le chef de la Maison de Bourbon a dit : « Henri V ne peut
« abandonner le drapeau blanc d'Henri IV. »

Donc, en concluent, en frappant des mains, les adversaires
de la monarchie, la Fusion est impossible et dès lors nous
avons gain de cause.

Louis-Philippe Iᵉʳ, roi des Français, avait fait ses premières
armes à Valmy et à Jemmapes, avec le drapeau tricolore
qui a fait le tour du Monde, tandis que « le drapeau rouge
« n'a fait que le tour du Champ-de-Mars traîné dans les flots
« de sang du peuple. » Louis-Philippe Iᵉʳ, roi de Français, a
régné à la suite de la Révolution de Juillet qui avait arboré
le drapeau tricolore ; il ne pouvait donc accepter un autre
drapeau. Les princes d'Orléans ont combattu en Afrique sous
le drapeau tricolore. Il est donc naturel que les princes de la
branche cadette aient en vénération, comme tous les Français, ce drapeau qui, du reste, n'a jamais failli à l'honneur,
qu'on doit aimer d'autant plus qu'il a été plus malheureux,
et par conséquent plus glorieux pendant la campagne de
France 1870-71, et qu'il a eu le mérite inappréciable d'être
l'étendard de l'Ordre social contre l'infâme Commune et sa
hideuse guenille rouge.

Dans ce manifeste tant décrié, Mgr le comte de Chambord ne rend-t-il pas au drapeau tricolore cet hommage mérité : « Je suis et je veux être de mon temps ; je rends un sincère hommage à toutes ses grandeurs, et, *quelle que fût la couleur du drapeau* sous lequel marchaient nos soldats, j'ai admiré leur héroïsme, et rendu grâce à Dieu de tout ce que leur bravoure ajoutait au trésor des gloires de la France. »

Henri V aime le drapeau blanc qui a flotté sur son berceau et il désire que ce même drapeau ombrage sa tombe. Que certains chroniqueurs du jour aient établi que Saint-Louis et Jeanne d'Arc avaient un drapeau rouge parsemé de fleurs-delys d'or, que les Valois avaient un drapeau bleu, et que c'est Henri IV qui a fait du drapeau blanc le drapeau national, il n'est pas moins vrai que l'unité nationale a été achevée par Henri IV, Louis XIII, Louis XIV, Louis XV, qu'avec le drapeau blanc nos Rois ont conquis l'Alsace et la Lorraine, donné la liberté à l'Amérique, réhabilité l'épée de la France qu'on croyait brisée dans les mains de Bonaparte, en Espagne, en Morée, enfin, conquis l'Algérie et qu'il a flotté sur Alger et ses minarets avant d'être traîné à Paris dans la boue par un peuple en délire, et Henri V a le droit d'être fier de ce drapeau, surtout de ne laisser aucune arrière-pensée entre lui et la Nation.

Ils nous semble, du moment que l'on s'entend sur le terrain des libertés constitutionnelles, c'est-à-dire, que le drapeau blanc et le drapeau tricolore auraient la même signification, qu'il ne saurait se trouver dans chacun d'eux des idées différentes et que la question du drapeau cesse d'être une question de principe, car, ce n'est qu'à ce titre qu'elle pourrait causer de l'émotion, et il est singulier qu'on attache tant d'importance à une telle puérilité.

Quoiqu'il en soit, si la question inopportune du drapeau a jeté le trouble dans le parti légitimiste, dans les partis monarchiques, entre les hommes dévoués à Henri V et ceux qui sont attachés aux princes d'Orléans, il n'en est pas moins vrai que la Fusion peut et doit exister.

Elle peut exister ; car, malgré la réconciliation des princes d'Orléans et du Chef de la maison de Bourbon, si les partisans des deux grandes opinions monarchiques en France ne se ralliaient pas pour sauver la France, dirait-on que la Fusion existe ? En dépit des événements douloureux qui se sont produits ces jours-ci, est-ce à dire que la Monarchie soit tuée en France ? Non, il faut que l'Union subsiste entre les divers fractions qui veulent l'Ordre et la Liberté. Cette union subsistera et après le premier moment de trouble qui les ont fait préjuger d'une manière irréfléchie, les républicains devront constater que leurs théories n'ont pas fait un pas de plus, que les amis de la France monarchique veulent encore le Gouvernement qui a fait la France, parce qu'il est dans son instinct et ses inclinations particulières. Malgré le drapeau, les monarchistes resteront unis, et le principe de la légitimité fût-il mort aujourd'hui par le manifeste du 5 juillet qu'il renaîtrait de ses cendres et permettrait au Pays de continuer le cours de ses glorieuses destinées. C'est ce qu'on va essayer d'expliquer.

IV.

> It was observed that, the King who
> was made by the people, had it in
> his power to rule withouth them;
> to govern *jure divino*, though he
> was created *jure humano*.
> On remarqua que le Roi choisi par
> le peuple pouvait, s'il le voulait,
> gouverner sans le peuple et règner
> de droit divin, quoiqu'il eut été
> établi de droit humain.
>
> SMOLLET.

La nation anglaise s'est trouvée dans une situation qui ressemble beaucoup à la nôtre, avec cette différence qu'elle a eu la sagesse d'accepter la Monarchie et de repousser la République. Pour fonder la liberté, elle s'est appuyée sur les bases qui avaient supporté le gouvernement d'Angleterre depuis sa fondation. Vouloir rompre avec le passé comme on l'a fait en France sous prétexte que ce passé a des défauts, c'est s'exposer à la décadence, à la ruine, à la mort.

Chateaubriand parlant de l'Angleterre semble donner des conseils à notre Provisoire d'aujourd'hui :

« Dans toute constitution nouvelle, dit-il, il est bon, il est utile qu'on aperçoive les traces des anciennes mœurs. Pourquoi la République française n'a-t-elle pu vivre que quelques moments ? C'est (indépendamment des autres causes qui l'ont fait périr) qu'elle avait voulu séparer le présent du passé, bâtir un édifice sans base, déraciner notre religion, renouveler entièrement nos lois, et changer jusqu'à notre langage. Ce monument flottant en l'air, qui n'avait d'appui ni dans le ciel ni sur la terre, s'est évanoui au souffle de la première tempête.

« Au contraire, dans le pays où il s'est opéré des changements durables, on voit toujours une partie des anciennes mœurs, se mêler aux mœurs nouvelles, comme des fleuves qui viennent à se réunir, et qui s'agrandissent en confondant leurs eaux. Dans la République romaine, on conserva la plus grande partie des institutions monarchiques. Le nom seul du Roi fut changé, dit Cicéron, la chose resta. — »

« Ce nom même de roi fut jugé si sacré, qu'on le garda parmi les choses saintes, en l'attribuant au chef des sacrifices : *Rex sacrificulus* ou *Rex sacrorum*. A Athènes, la dignité de roi des sacrifices était le partage du second archonte, (en grec : *arkôn basileus*), et elle passait pour une des premières de l'Etat. La constitution des Anglais porte de profondes marques de son origine gothique : — Le Roi, dit Montesquieu, y conserve, avec une autorité limitée, toutes les apparences de la puissance absolue. —

« Dans certains cas, on le sert à genoux, on lui parle dans le langage le plus soumis et le plus respectueux ; en un mot on lui parle comme à la loi, dont il est la principale source....

« Les Anglais en sont-ils moins libres aujourd'hui ? N'est-ce pas, au contaire, ce qui a affermi chez eux la liberté, en *lui donnant* un caractère sacré ? »

Et c'est après de tels exemples qu'on viendra faire une montagne de la question du drapeau ! En France, on a voulu la liberté ; on l'a eue véritablement avec la royauté constitutionnelle des Bourbons, parce qu'alors on a uni le passé au présent. Quand on a voulu faire une séparation complète avec le passé, par la République et l'Empire, on a eu la tyrannie de la rue, le despotisme militaire, la Terreur, la Dictature.

Aujourd'hui, le drapeau effraie, le titre de roi effraie, le nom de Monarchie effraie ; et, cependant, M. Thiers, n'a-t-il pas autant de pouvoir qu'en avait le roi Louis XVIII, le roi Louis-Philippe ? Il a sur eux l'avantage de pouvoir s'autoriser du Provisoire et de la situation de la France pour agir, et, s'il n'était pas bon patriote, il pourrait être aussi puissant qu'un roi absolu.

On paraît ne pas vouloir plus du drapeau blanc qu'on ne

voulait en Angleterre d'un Roi catholique. On faussa la légitimité en Angleterre avec Guillaume III et la Révolution de 1688 fut appelée la *glorieuse* comme les Journées de Juillet ont été appelées, elles aussi, *glorieuses.*

Si la France conserve la République, soit par la Continuation du Provisoire, soit autrement, elle retombera dans les mêmes errements que par le passé ; et, un jour, dégoûtée de tous ces expédients d'aventure, il lui faudra, comme en 1799, *une Tête et une épée.* Il n'est pas probable qu'elle choisisse la famille Bonaparte ; elle a encore assez de tact pour ne pas désirer un second Sedan, et une nouvelle perte de territoire. Elle cherchera, puisqu'elle ne veut pas d'Henri V, que de son côté Henri V déclare justement qu'il ne peut abandonner le drapeau blanc d'Henri IV, une Monarchie, et celle qui se présente le plus naturellement est celle des Princes d'Orléans. La France a toujours regardé leurs idées et leur politique comme loyalement constitutionnelles, ce qui n'empêcherait pas Henri V d'être plus libéral encore que Louis XVIII. Mais enfin, l'erreur des temps est telle qu'on préfère à une Monarchie qui relie le passé au présent et pour cela même est d'une plus grande sécurité une autre Monarchie qu'on prétend plus libérale parce qu'elle revêt les costumes du jour, comme si l'habit changeait le cœur et les inclinations. Enfin, on juge ainsi ; on se soumettra donc, en se résignant ; mais on peut affirmer à tous ceux qui repoussent la légitimité et font du drapeau blanc une question capitale, qu'à l'ombre du drapeau tricolore et avec les princes d'Orléans, renaîtra forcément la légitimité. A cette époque qui n'est, sans doute, pas aussi éloignée qu'on peut le penser, le présent relié au passé donnera des gages de sécurité et de stabilité du Gouvernement.

Un petit retour sur l'histoire d'Angleterre fera encore mieux comprendre la vérité de cette assertion.

Il est évident qu'au point de vue de la légitimité, Jacques II, reçu avec magnificence par Louis XIV, tout détrôné qu'il était, pouvait se dire le Roi d'Angleterre, tandis que son gendre Guillaume III de Hollande restait un usurpateur.

Il est évident qu'au point de vue de la légitimité, Jacques (III) appelé le *Chevalier de Saint-George* représentait la Royauté légitime et que la mort de Jacques II à Saint-Germain ne retirait pas à Guillaume III son caractère d'usurpateur. Il espérait que sa sœur la reine Anne, qui avait succédé à

Guillaume d'Orange, le nommerait son successeur, et, du reste, elle avait pour lui beaucoup de sympathie. Une fusion anglaise fut donc sur le point de se faire : la légitimité fut-elle tuée en Angleterre parce que la question de religion fit préférer la maison de Hanovre ?

Le *Chevalier de Saint-George*, Jacques III, eut pour fils le *Prétendant*, Charles-Edouard Stuart, qui était, au point de vue de la légitimité, le Souverain de l'Angleterre. Quand il mourut, son frère se fit nommer en 1788, Henri IX, et au point de vue de la légitimité, il était le Roi d'Angleterre.

Quand, en lui, s'éteignit (1807) la dynastie masculine des Stuarts, la légitimité anglaise fut-elle tuée ? Assurément non; bien plus, au lieu de végéter dans l'exil, elle se reporta sur la tête de Georges III, roi d'Angleterre, qui tenait sa puissance de Georges Ier et d'Anne Stuart, enfin de Guillaume III.

Enfin, aujourd'hui, la légitimité ne repose-t-elle pas sur la reine Victoria ? A-t-elle été tuée pour avoir vécu dans l'exil pendant plus d'un siècle et regarde-t-on la maison de Brunswick comme illégalement en possession du trône d'Angleterre ?

N'est-ce pas là où en serait la France si, la Nation d'un côté voulant garder le drapeau tricolore, le Comte de Chambord de l'autre ne devant pas abandonner le drapeau blanc d'Henri IV, on relevait la Monarchie avec les princes d'Orléans, les regardant princes constitutionnels, pendant qu'on s'imaginerait faussement que le drapeau blanc avec Henri V représente la royauté absolue ?

Alors, si un prince d'Orléans montait sur le trône, conséquents avec leur principe, les légitimistes ne devraient-ils pas regarder comme leur Chef et leur Roi, Henri V tant qu'il vivrait et que la légitimité serait représentée par lui ?

Mais à la mort du Comte de Chambord, le principe de la Légitimité passe dans la branche cadette et se repose sur la tête du Chef de la Maison d'Orléans, sur le Comte de Paris ; c'est lui qui est alors, aux yeux de tous, le Roi.

Les légitimistes, ceux qui acceptent avec Henri V le drapeau blanc, parce qu'ils considèrent devoir se soumettre à ses ordres, ne devront-ils pas, à cause de ce même principe, accepter le drapeau tricolore des mains du Comte de Paris, quand, à son tour, roi légitime à leurs yeux, il leur manifestera ses intentions ?

Il est donc facile d'en conclure que ces légitimistes, attachés au drapeau blanc, les légitimistes attachés au drapeau tricolore, les orléanistes, les uns par devoir chevaleresque, les seconds par principe , les derniers par principe également, se réuniront en un seul parti monarchique , et dès lors, la Fusion est complète pour toujours, au grand désappointement des Républicains. .

Si le Manifeste du 5 Juillet a défait la Fusion , il ne peut que la retarder , il ne peut l'empêcher d'une manière définitive. Elle aura lieu un jour, et elle est ajournée seulement et d'ici cette époque les républicains auront le loisir de nous prouver que leur Gouvernement est le meilleur et le seul possible.

Mais , heureusement pour la France , que les Princes sont assez patriotes pour résoudre toutes ces difficultés. Le Comte de Paris a déclaré à M. Thiers qu'il n'accepterait jamais la couronne, si couronne il y avait à accepter, du vivant de son cousin Henri V, qu'il regarde comme le Roi.

Il a déclaré à M. Guizot que le Roi était libre de prendre son drapeau , comme *après lui* , les princes d'Orléans seront libres de reprendre le leur.

Tout cela veut dire en bon français : La question du drapeau ne divise pas les Princes.

La Maison d'Orléans reconnaît Henri V comme le Chef de la Maison de France, elle accepte avec lui le drapeau blanc.

La Maison d'Orléans se reconnaît le droit , après lui , quand elle aura hérité du principe de la légitimité , de reprendre le drapeau tricolore, si cela lui plaît.

Les princes ne pouvaient donner un plus grand exemple de patriotisme ; la Fusion existe. Que les partis monarchiques imitent l'exemple des Princes , et la France est sauvée du Provisoire qui conduit à l'Anarchie.

V.

CONCLUSION.

Tout est perdu, fors l'honneur.
FRANÇOIS Ier.

François Ier s'écria, dans un élan chevaleresque : « Tout est perdu, fors l'honneur. » Et cependant, après la prison de Madrid, les humiliations de la captivité, grâce à cet honneur qui était sauvé, il y eut Cérisolles qui frappa de ses rayons de gloire les dernières années de son règne. Renty vit la défaite du vainqueur de Pavie et la France sortit glorieuse, forte et puissante de sa rivalité avec la maison d'Autriche.

Aujourd'hui, le Roi a parlé ; s'il y a une faute de sa part, c'est au point de vue de ce qu'on pourrait appeler son intérêt dynastique, si le Roi de France peut en avoir. Oui, dans ce sens, tout est perdu, au dire les républicains, mais il y a une chose que le Roi garde précieusement, qu'il tient encore plus haut et qui l'a fait admirer de ses ennemis eux-mêmes. c'est sa loyauté, c'est sa franchise. Tout est perdu, fors l'honneur, et c'est l'honneur qui sauvera ce qui a été perdu pour l'intérêt dynastique.

La France est éclairée ; elle sait si Henri V est un ambitieux politique, promettant la liberté pour ne pas la donner. Les prétendants ne parlent pas contre eux ; ils ne disent pas la vérité pour se nuire à eux-mêmes : Henri V n'est pas prétendant, il est Roi. Rester pur à ses yeux, à la conscience de la Nation, conserver l'honneur, sacrifier à la franchise, à la vérité, ce que certains appellent l'intérêt dynastique, n'appartenait et n'appartiendra jamais à un Bonaparte, à un prétendant d'aventure ; c'est au Roi de France qu'est échu le devoir de montrer que la Monarchie signifie surtout l'Honneur.

Et de ce qu'on appelle une faute politique, de ce manifeste qui nous a tous émus dans des sens si divers, il ressort cette conclusion :

« Puisque le Roi de France a forcé ses ennemis eux-mêmes de reconnaître sa loyauté, puisque tous sont convaincus de la sincérité de son cœur de Roi et de Père, comment pourra-t-on être assez inconséquents pour préférer à la loyauté personnifié, à ce prince qu'on sait aimer avant tout, la France la vérité, la justice et l'honneur, à cause d'un question de drapeau qui n'engage aucun principe, des gouvernements d'expédients, édifiés sur l'ignorance ou la passion des démagogues, affermis par la calomnie contre la monarchie qu'on certifie devoir ramener la Féodalité et l'Inquisition ? »

Le roi de France veut la monarchie constitutionnelle; il a repoussé ces misérables calomnies d'Inquisition et de Féodalité qui ont fait dire aux républicains que la France est républicaine parce que les élections du 2 juillet ont été faites par ces iniques calomnies contre lesquelles M. de Gavardie a protesté à la Chambre, et auxquelles la gauche n'a répondu que par des rugissements qui ne sont ni des négations, ni des preuves du contraire.

Non, la France n'est pas républicaine ; et ce qui l'empêchera peut-être de le devenir jamais, c'est justement ce prétendu ajournement de la Fusion qui lui permettra de voir de quel côté est la loyauté, qui garde son patrimoine, du Roi de France ou des sophistes politiques. On croit la légitimité tuée, parce que la Fusion paraît retardée. Les larmes des fidèles français sur le douloureux événement qui vient de se passer toucheront la Providence ; et si tous les secours humains, les combinaisons politiques ne servent pas la monarchie légitime, il y a Dieu qui lui reste. Dieu l'a sauvée avec la France par Jeanne d'Arc ; Dieu protège la France et les Républicains se sont toujours passés de lui, parlant de liberté de conscience et de droits des citoyens pour nier l'influence qu'il exerce sur le monde.

En dépit de nos droits, nous dépendons de Dieu ; avant les principes républicains, il y a l'autorité de Dieu.

Ce Dieu juste et bon a assez éprouvé et la France et la Monarchie. A l'une et à l'autre, il a gardé l'honneur, par l'honneur, il les sauvera. Quand on a abattu les croix, on a abattu les fleurs-de-lys, quand on relèvera les croix, on replacera les fleurs-de-lys sur le drapeau national, blanc ou tricolore, peu importe. Un jour encore, qui n'est peut-être pas aussi éloigné qu'on le croit, la France entendra le cri sauveur et libérateur qui salua Charles VII et Henri IV :

VIVE LE ROI ! VIVE LA LIBERTÉ !

Lorient, 15 Juillet 1871.

APPENDICE

GÉNÉALOGIE

DE LA

MAISON DE BOURBON.

Notre humble opuscule ayant pour but de démontrer que la Fusion entre les deux branches de la maison de Bourbon de France doit et peut exister, il n'est pas hors de propos de montrer quels liens de parenté unissent la branche aînée et la branche cadette, et de donner une courte notice sur la généalogie de la Maison de Bourbon.

Dans le tableau qui suit on verra comment Henri IV, roi de France, chef de la maison de Bourbon, réunit, par son aïeul Robert de Clermont, 6ᵐᵉ fils de Saint-Louis, les droits de la dynastie capétienne et ceux de la dynastie carlovingienne.

(La date qui suit chaque nom est celle de la mort).

ROBERT-LE-FORT. Gendre de Louis Ier, roi des Francs, 865.	LOUIS IV. roi de France, 954.	PÉPIN D'HÉRISTAL, duc d'Austrasie, 714.
HUGUES-CAPET. roi de France, 996.	CHARLES duc de Lorraine, 992.	CHILDEBRAND, frère de Charles-Martel.
LOUIS VII, LE JEUNE. roi de France, 1180.	BAUDOUIN comte de Hainaut.	ADHÉMAR, sire de Bourbon, vivant vers 913.
PHILIPPE II, AUGUSTE. roi de France, 1228.	ISABELLE DE HAINAUT. sa fille.	ARCHAMBAULT VIII, sire de Bourbon, 1218.
épouse Isabelle de Hainaut.	épouse Philippe II, Auguste.	MAHAUT DE BOURBON, épouse Guy de Dampierre en 1197.

LOUIS VIII,
roi de France, 1226.

ARCHAMBAULT IX,
sire de Bourbon.

LOUIS IX,
roi de France, 1270.

ROBERT DE CLERMONT,
épouse en 1272, Béatrix de Bourbon.

BÉATRIX DE BOURBON,
épouse Robert de Clermont.

HENRI IV, roi de France, 1610.

Quand Henri IV mourut en 1610, il laissait pour lui succéder Louis XIII qui eut deux fils : Louis XIV, roi de France, chef de la branche aînée de la Maison de Bourbon, et Philippe Ier, duc d'Orléans, chef de la branche cadette de la Maison de Bourbon.

Branche aînée des Bourbons.

La branche aînée dont Louis XIV est le chef comprend elle-même deux branches la première, qui est celle des Bourbons de France et est représentée par Louis, duc de Bourgogne, petit-fils de Louis XIV ; la seconde, qui est celle des Bourbons d'Espagne et est représentée par Philippe d'Anjou ou Philippe V, roi d'Espagne. Une des conditions de l'avénement de Philippe V a été sa renonciation pour lui et ses descendants à perpétuite à la couronne de France. Ces descendants sont aujourd'hui, au reste, de nationalité étrangère et ne sauraient, en aucune façon, prétendre au trône de France, contre les princes d'Orléans qui sont français.

BOURBONS AINÉS DE FRANCE

Le tableau suivant donnera l'ensemble des princes de cette famille :

LOUIS, duc de Bourgogne.

—

LOUIS XV, roi de France.

—

LOUIS, dauphin.

—

LOUIS XVI.	LOUIS XVIII.	CHARLES X.
—	—	—
LOUIS XVII.	LOUISE-MARIE-THÉRÈSE, épouse Charles III, duc de Parme	HENRI V (roi de France).
	—	—

ROBERT Ier.

On voit que le représentant des Bourbons aînés de France est Henri V et que Robert de Parme est son neveu, à part qu'il est déjà son parent, comme descendant de Louis XIV.

Bourbons d'Espagne.

Philippe V, roi d'Espagne.

—

Charles III, roi d'Espagne.

—

Charles IV, roi d'Espagne.

—

Ferdinand VII, roi d'Espagne.   Don Carlos (Charles V).

—   —

Isabelle II,   Louise de   Charles VI.   Don Juan.
reine.   Bourbon, épouse   —
—   le duc de Mont-   Charles VII.
Prince des   pensier, fils de
Asturies.   Louis-Philippe I".

Le duc de Montpensier est, on le voit, l'oncle du prince des Asturies. Le chef des Bourbons d'Espagne serait don Carlos ou Charles VII.

Bourbons de Parme.

Philippe V, roi d'Espagne.

—

Don Philippe, duc de Parme.

—

Ferdinand, duc de Parme.

. . . .

Charles III, duc de Parme,
épousé Louise-Marie-Thérèse de Bourbon.

—

Robert I", neveu de Henri V.

Bourbons de Naples.

Philippe V, roi d'Espagne

Charles III, roi d'Espagne.

Ferdinand IV, roi de Naples.

—

FRANÇOIS Ier, roi de
Naples.

—

CAROLINE DE BOURBON
épouse duc de Berry.

—

HENRI V, roi de
France.

MARIE-AMÉLIE, épouse de
LOUIS-PHILIPPE Ier.

—

FERDINAND,
duc d'Orléans.

—

Comte de Paris, duc de
Chartres.

On voit que Louis-Philippe était le grand oncle d'Henri V, à part qu'ils étaient déjà cousins comme descendants de Henri IV.

Branche cadette des Bourbons

LOUIS XIII, roi de France.

—

PHILIPPE Ier, duc d'Orléans, 1701.

—

PHILIPPE II, le Régent, 1723.

—

LOUIS, 1752.

—

LOUIS-PHILIPPE, 1785.

—

LOUIS-PHILIPPE (*Egalité*), 1793.

—

LOUIS-PHILIPPE Ier, roi des Français, 1830.

—

Duc d'ORLÉANS.

—

Comte de PARIS.

LOUISE-MARIE, épouse de Léopold.

—

LÉOPOLD II, roi des Belges.

1. Les autres enfants de Louis-Philippe Ier sont, entre le duc d'Orléans et Louise-Marie : le duc de Nemours, né en 1814; Marie-Christine, morte en 1839, Marie-Clémentine, née en 1817, le prince de Joinville, né en 1818, le duc d'Aumale, né en 1822, le duc de Montpensier né en 1824.

OUVRAGE DU MÊME AUTEUR :

Henri de France, prix . . . . 1 fr.

Lorient. — Imp. Eug. GROUHEL.